Olaf Clasen

50

SPLITTER

GEWAGTE GEDANKEN

Olaf Clasen

50

SPLITTER

GEWAGTE GEDANKEN

Biografische Informationen der deutschen
Deutsche Nationalbibliothek
Verzeichnet diese Publikation in der
Deutschen
Nationalbiografie;
Detaillierte biografische Daten
Sind im Internet über dnb.dnb.de abrufbar.

Digitale Umsetzung des Covers:
Mihail Todorov.
nonverbal/bildkommunikation 2020

Herstellung und Verlag:
BoD-Books on Demand. Norderstedt
ISBN: 9783751921480

„Cognito ergo sum"

/ Ich denke, also bin ich./

René Descartes (1596-1650) wagte als erster moderner Philosoph, das Denken über den Glauben zu stellen.
Ihm ist dieses Büchlein gewidmet.
OC. April 2020

50

SPLITTER

Vorwort

In Zeiten der Corona - Krise. Viel allein zu Hause am PC. Hatte mir Schreiburlaub verordnet nach der Langzeitarbeit an *Hannibals Hure.*

Die Lösung:

Splitter. Splitter im Auge. Wollen wir nicht sehen. Splitter im Fleisch. Tun weh. Splitter im Hirn. Ignorieren wir. Splitter vom Kreuz Christi. Meist Betrug. Gedankensplitter.

Teil von etwas Größerem?

Witzig? Blasphemisch? Pornografisch?

Immer eine Frage der Perspektive.

Der Autor wünscht viel Lese Spaß.

Olaf Clasen   *März/April 2020*

ALLES MACHT SINN

Im Leben geschieht nichts ohne Grund
Es gibt für jedes Ereignis einen Zufall.

MEINE

3

Jeder bevorzugt andere Vorbilder und macht sie zu seinen Helden. Meine Auswahl ist klar. Meine drei größten sind ausschließlich Revolutionäre, die für gewaltige Umbrüche stehen. Sie haben die Welt besser gemacht. Chronologisch geordnet sieht das so aus:

1.Hippokrates, der Revolutionär, den viele immer noch als Arzt missverstehen. Er brach mit allen Traditionen seiner Epoche.
Damals, ca. 450 v. Chr. ging jedermann, ob König oder einfacher Bürger, mit seinem Wehwehchen in den Tempel zum Beten und Opfern.
Kleines Wehwehchen, kleines Opfer. Ein Ei oder ein Huhn. Großes Wehwehchen, großes Opfer. Rind oder Gold. Im

schlimmsten Fall, ein geliebter Mensch. Die Götter waren gierig.

Da trat Hippokrates auf die Bühne und sagte:
„Halt, stopp. Wir brauchen die Götter nicht. Gegen jede Krankheit ist ein Kraut gewachsen. Wir müssen nur lernen, den richtigen Sud zu brauen. Mit dem können wir heilen. Ohne Tempel, ohne Priester, ohne Götter. Selbst sind der Mann und die Frau!
Von diesem Augenblick an war die Welt eine andere. Darum ist Hippokrates meine Nummer 1.

2. **René Descartes**, der erste moderne Philosoph tauchte an der Schwelle vom 16. Zum 17. Jahrhundert auf. Europa hatte sich gerade aus dem finsteren Mittelalter erhoben. Damals genügte es, die falsche Haarfarbe oder den falschen Glauben zu haben, um auf dem Scheiterhaufen zu Tode gequält zu werden. Hunderttausende verloren auf diese grausame Art ihr Leben. Die

christliche Kirche feierte Mordorgien .Der „richtige" Glaube ging über Alles. Da wagte Descartes, den Satz zu prägen: „Cognito ergo sum." /Ich denke, also bin ich./ Descartes stellte das Denken über den Glauben. Eine Ungeheuerlichkeit! Er lehrte auch, wir müssen aufhören an „ewige Wahrheiten" zu glauben, wenn die sich nicht rational belegen lassen. Der Begründer des Rationalismus war ein grandioser Revolutionär, der die Neuzeit möglich machte.

3. **Albert Camus,** der große französische Schriftsteller und Philosoph, schrieb 1957 in seinem Nobelpreis - gekrönten Roman „Der Fremde": „Jeder Mensch, der einem anderen irgendetwas über den Tod hinaus verspricht, ist ein Lügner."

Dabei interessierte es ihn nicht, ob der Lügner eine schwarze, rote, braune, weiße oder gelbe Robe trug. Alle, die mit der Ware „Jenseits" handeln, sind gleich: Sie tauschen das leere Versprechen eines besseren Lebens im Jenseits gegen Gehorsam im Diesseits ein.

Meine drei Helden haben unsere Welt entscheidend mitgeformt und sie zu einem besseren Ort gemacht. Es ist selbstverständlich, dass sich, zu jeder Epoche, die konservativen Kräfte gegen sie gestemmt haben. Glücklicherweise ist der Fortschritt nicht mehr rückgängig zu machen. Egal, was der Papst, die Mullahs, die Rabbis oder der Dalai Lama dagegen unternehmen.

CHARISMA

Der Kerl in den Ledersandalen hatte in seiner Kindheit zu wenig Aufmerksamkeit bekommen.

Klar, wie sollte er auch? Bei diesen Eltern! Der Vater hielt sich für den Schöpfer der Welt und hatte sich in „sein Reich" weit über den Wolken zurückgezogen. Die Mutter war völlig überfordert und ausschließlich mit sich selbst beschäftigt. Sie hatte die Legende von der jungfräulichen Empfängnis erfunden und jetzt alle Hände voll zu tun, ihre Legende täglich zu verteidigen. Auch wenn alle Fakten gegen sie sprachen.

Was blieb dem Knaben, als zu kompensieren? Vater abwesend. Mutter auf sich selbst konzentriert. Der Junge erfand Geschichten und erzählte die pausenlos. Er erzählte überall und jedermann. Er erfand das Leben im Jenseits. Wo ist das? Sein Geheimnis. Irgendwo, irgendwann nach dem Tod. Spinnerei? Sicher! Und er erfand Regeln, wie man dorthin gelangen konnte. Er erfand Vorschriften, an die sich alle halten sollten. Er forderte Gehorsam ein. Er wurde furchtbar wütend, wenn man ihm nicht glaubte.

Er lernte kleine Zaubertricks und führte die öffentlich vor. Die Leute konnten damals nicht zählen. Darum fielen sie auf den Trick mit den Fischen herein. Er machte Wasser zu Wein, ließ einen Lahmen wieder hüpfen. Er erweckte einen Toten zum Leben. Er machte gigantische Werbekampagnen für seine Auftritte. Er wurde unübersehbar. Aus dem langweiligen Jüngelchen war ein auffälliger Charismatiker geworden. Trotzdem scheiterte er letztendlich. Als die Ungläubigen ihn ans Kreuz nagelten, jammerte er los: „Oh, Vater, warum hast Du mich verlassen?"

Die Abwesenheit des Alten rächte sich.

DAS WUNDER VON MATERA

Matera, die älteste durchgängig bewohnte Stadt der Welt, wurde 1993 von der UNESCO zu Weltkulturerbe ernannt. Seitdem wird sie von Touristen überlaufen.

Wir waren während einer Woche dort, in der zwei Großereignisse stattfanden. Der Aktionskünstler H.A. Schult zeigte seine Trashpeople im Rahmen dieser einzigartigen Stadt und der Prolog für den 25. James Bond wurde in dieser Kulisse gedreht.

Jetzt war die Kleinstadt völlig überfüllt.

Schon im Vorfeld hatten mir sämtliche Hotels und Taxiunternehmer mitgeteilt, sie seien komplett ausgebucht. Es gäbe keine Chance eine Taxifahrt zu reservieren. (ich bin gehbehindert, bin also auf solche Dienste angewiesen).

H. A. Schult plus James Bond, das sei zu viel für sie und diese kleine Stadt.

Vor Ort das gleiche Bild. Ein Bekannter holte uns vom Flughafen ab. Kein buchbares Taxi weit und breit. Dieser Bekannte überredete am Abend einen Taxifreund, uns ausnahmsweise am nächsten Morgen irgendwie rein zu quetschen. Der Taxi Mann versprach, sein Bestes zu tun.

Luigi, der Fahrer war sehr hilfsbereit. Wir kamen gut ins Gespräch. Luigi sympathisierte mit uns. Er hängte sogar an unsere notwendige Tour eine zusätzliche Schleife an, damit wir mehr von der Stadt zu sehen bekamen. Während der Fahrt kamen ständig Reservierungsanfragen über sein Handy. Luigi musste alle absagen. Es entwickelte sich ein fast freundschaftliches Gespräch mit dem netten Fahrer Luigi. Auch nachmittags machte er mit uns, trotz prall gefüllten Reservierungsheftes, eine zusätzliche Tour. Wem er stattdessen abgesagt hatte, habe ich nicht erfahren.

Matera ist eine magische Stadt. Die „Sassi Trashpeople" von H. A. Schult haben die Magie potenziert. Am Abend geschah das Wunder von Matera: Mein Handy klingelte „Ciao Olaf, hier Luigi, brauchst Du mich heute Abend noch?" Super! Toll. Wir fuhren schön zum Abendessen und danach zurück. Kein Taxi? Nicht eines! Absolut keines!

DER HERR

Gott: Quereinsteiger. Nix gelernt. Von wem
auch?

Macht sich selbst zum Herren der Welt.
Keine Lehrzeit.
Kein Studium.
Einfach so.
Keine Zeugnisse.
Keine Bewerbungsmappe.
Keine Prüfung (mündlich oder schriftlich).
Was beweist: die Welt gehört den
Unverschämten.

DUBAI. AIRPORT

Ca. 2.00 Uhr morgens. Dubai Airport. Einige zig-Tausend Passagiere sind in dem modernen Gebäude unterwegs.

Emirates fliegt von überall hierher und von hier nach Überall. Einer der wichtigsten Knotenpunkte überhaupt. Und, oh Schreck, was ist los in Dubai? Alles funktioniert reibungslos. Auch um 2 Uhr morgens. Die Rollbänder transportieren uns Passagiere ruckelfrei durch die blitzblanken, ständig frisch gewischten Gänge. Nirgends ein Schild „Außer Betrieb. Bitte haben Sie Verständnis." Mein Quantum an Verständnis habe ich längst in den Kölner U-Bahnen aufgebraucht. Hier in Dubai bekomme ich ständig ein freundliches Lächeln und die Frage, ob man mir irgendwie weiterhelfen könne.

Ein gigantisches Gebäude, ganz aus Glas und Stahl über mindestens 4 Etagen. Eine Batterie von Aufzügen und massenweise Rolltreppen. Alle sind blitzblank und funktionieren ohne Störung. Da ist mir klar, dass ich nicht mehr in Köln bin.

Ich gebe es ja zu. Ich bin Köln-Geschädigter. Mit meiner Gehbehinderung bin ich auf die öffentlichen Verkehrsmittel und die Rolltreppen in den Untergrund angewiesen. 10 Tage bevor ich in Dubai war, wollte ich zu einem Geschäftstermin von Köln nach Düsseldorf fahren.

Nichts leichter als das:

Ganz in meiner Nähe fährt mich die U Bahnlinie 5 vom Friesenplatz zum Hbf. Von dort mit der Regionalbahn nach Düsseldorf Hbf. Da holt mich mein Geschäftspartner ab. Alles Paletti. Null Problem.

Tja, aber ich habe meine Rechnung ohne die Kölner Verkehrsbetriebe gemacht.

Ich suche mir die Fahrpläne im Netz heraus und gehe zum Friesenplatz. Kleines Ärgernis, nichts dramatisches. Die Rolltreppe ist kaputt. Macht nix. Es gibt ja noch eine, auf der anderen Straßenseite. Ich überquere im ziemlich hektischen Autoverkehr, zwischen Radfahrern, die die Rechtsabbieger- Regelung sehr originell interpretieren. Ich komme an. Trotzdem.

Rotweiße Plastikbänder und das bekannte Schild „Außer Betrieb." Meine gute Laune ist ungetrübt. Das war ja erst Rolltreppe Nr. 2. Aber es gibt ja 4. Noch eine Straße überqueren und dann ist auch der 3. Zugang verrammelt. Die 4. Rolltreppe ist ebenfalls kaputt. Natürlich.

Von solchen Kleinigkeiten lasse ich mir den Mut nicht nehmen. Also zu Fuß in den Untergrund.

Unten angekommen, mit starken Schmerzen und außer Atem (war mal ein toller Film), ist meine Bahn natürlich weg. Dafür kommt die freundliche Durchsage, „der nächste Zug fällt aus. Die verehrten Fahrgäste sollten doch bitte Verständnis haben." Verständnis hat keiner. Aber wir warten brummelnd.

Was ist los in Dubai- Airport? Warum funktioniert dort alles? Warum muss dort niemand „Verständnis" aufbringen? Wäre es nicht möglich, ein paar Ausländer nach Deutschland zu holen, die moderne Technik am Laufen halten können?

Auf den endlosen Gängen im Terminal transportieren uns, einschließlich des Handgepäcks, die Laufbänder störungsfrei.

Zum Weiterflug müssen wir in das andere Terminal.

Mit einem blitzblanken, perfekten Aufzug. Platz für mindestens 20 Passagiere, plus ein paar Kinderwagen und einige Rollstühle, ab ins Untergeschoss. Dort fährt eine lautlose, auf die Minute pünktliche U-Bahn alle 5 Minuten zum nächsten Terminal. Kein hämischer Fahrer klemmt die Mutter mit Kinderwagen in der Tür ein. Es gibt keinen Fahrer. Das System ist voll automatisiert.

Pünktlich, sauber, lautlos, perfekt.

Bitte macht keine blöden Beduinenwitze mehr.

Auch meine Lieblingsstadt Köln hat versucht, eine neue U-Bahnlinie zu bauen. Nach ein paar eingestürzten Gebäuden und einigen Toten ist weniger klar als je, ob dieses Projekt jemals zu Ende geführt werden kann. Trotzdem hat die Stadt eine klare Entscheidung getroffen. Wenn unten nicht weiter gebaut werden kann, dann haut man überirdisch schon mal den schönen Baumbestand an der Bonner Straße ab. Warum, weiß kein Mensch. Die Bürger haben protestiert, aber die Stadt hat ein

Machtwort gesprochen. Die Bäume kommen weg. Basta.

Ich erinnere mich: diese U-Bahn Strecke sollte mal 2012 eingeweiht werden. Schöner Plan. Niemand erinnert sich. Jetzt, nachdem sich die Kosten verzehnfacht haben, denkt niemand mehr an einen Eröffnungstermin. Die Stadt, die Bauherrn, die Experten und die Anwalts-kanzleien streiten sich um die Verantwortlichkeit. Und werden sich wohl noch viele Generationen weiter streiten.

Inzwischen werde ich, ein paarmal, sehr komfortabel, in Dubai umsteigen.

HAUT

Myriam ist ein herrliches Geschöpf. Myriam hat den Körper einer Göttin. Mit dem einen Unterschied, dass Göttinnen aus Marmor kalt sind. Myriam ist heiß. Heiß, heißer, am Heißesten. Leider ist Myriam ein wenig spießig. Sie geht nicht aus sich heraus. Sie gefällt sich, wenn sie wie alle anderen, angepasst ist. In einem kurzen Anflug von Rebellion hat sich Myriam die üppigen blonden Locken auf struppige Strähnen zurecht stutzen lassen. Diese freche Frisur gibt ihrem schönen Gesicht einen punkigen Rahmen. Mal ganz anders.

Wir sind verabredet. Ich will versuchen, Myriam aus ihrem beschaulichen Schneckenhaus zu locken. Wird sie darauf eingehen? Oder bleibt sie in ihrem engen, selbstgesteckten Rahmen? Auf den ersten Blick sieht Myriam perfekt aus. Das blonde Haar noch struppiger als erwartet. Der dunkelblaue Mantel genau, wie ich ihn in Erinnerung habe. Gerade geschnitten fällt er hinunter bis zur Hälfte der Waden. Ein langer, dunkler Wollstoff. Vorn die Knopfleiste mit den großen Knöpfen. Es ist kalt draußen, also ist Myriam bis unters Kinn zugeknöpft. Symbolhaft!

An der Wohnungstür fängt Myriam an zu nesteln. Einen Knopf, zwei, drei, vier öffnet sie. Dann streift sie den Mantel von den Schultern und steigt aus dem Ring aus Wollstoff.
Schöner kann ein Körper nicht sein. Schöne abgerundete Schultern. Zwei Brüste, die mir geradeaus entgegensehen. Bauch flach und weich. Irrsinnig verführerische Hüften, die in den schlanken Beinen münden. Nur die sind bekleidet mit selbsthaltenden, durchsichtigen Nylons. Oben herum ein Band Spitze. Sonst kein Fädchen Stoff am Körper. Sie ist nackt bis auf die Strümpfe. Jeder Quadratzentimeter Haut ist perfekt. Zwischen den Beinen ein paar blonde Löckchen. Die warme Haut strahlt bis zu mir herüber. Ich kann nicht warten. Sie auch nicht. Wir umarmen uns. Schon während des Küssens sind unsere Hände überall. Wir verzichten aufs Vorspiel und beginnen sofort mit dem Hauptgang. Auch Myriam kann der Versuchung nicht widerstehen.

HINTER

„Hinter jedem großen Mann steht eine kluge Frau". Punkt. Genau dort ist der wunde Punkt. Der sehr wunde. Keine große Frau braucht einen Mann, der hinter ihr steht. Außer, sie lehnt sich gerade über den Tisch oder aus dem Fenster. Die große Frau, die kluge Frau ist selbstbestimmt. Sie wünscht sich keinen Einflüsterer. Sie weiß, wohin sie will und sie kennt den Weg dorthin. Sie lässt sich nicht die Karten legen und liest auch kein Horoskop. Wie überall, gibt's auch dort Ausnahmen.

Einen solchen Schreckensmoment muss ich erzählen. Vor ca.10-15 Jahren, eine Party in einer sehr großen Wohnung in Köln, Friesenstraße.

Ich kenne niemanden. Ich sehe mich um. Am Buffet treffe ich eine prachtvolle Erscheinung. Eine großartige Frau mit einer tollen roten Mähne. Lockig ohne Ende. Hohe, starke Wangenknochen, darüber zwei große grüne Katzenaugen.

Ich spreche die Schönheit an. Ich kann nicht anders: „Also, sie sind die Löwin dieses Abends?" Hoffte, ihr ein Kompliment zu machen.

„Oh nein, ich bin Waage, Aszendent Fische..." Ich höre nicht mehr hin. Bin zu sehr schockiert.

Geht's noch spießiger?

GEBOTE

10 Stück stehen in der Bibel der Christen. Gleich das erste ist das Böseste:
„Ich bin der Herr, Dein Gott. Du sollst keine anderen Götter neben mir haben." Diese Arroganz kennen auch die anderen monotheistischen Religionen. Die 3 Religionsgemeinschaften sind sich sicher, den einzigen wahren Gott zu besitzen. Die Überheblichkeit, etwas Besseres, als die anderen zu sein, ist der Grund für fast alle Kriege seit ca. 2.000 Jahren.

Die Quelle des Bösen ist dieses erste Gebot. Der verderblichste Satz, der je in Stein gemeißelt wurde. Dagegen sind die anderen Gebote unbedeutend.

„Du sollst nicht begehren deines Nächsten Weib." Na und? Die vögelt doch auch mit dem Kerl, der die Zeitung bringt.

HITZE

Es ist heiß. Ungewöhnlich heiß. Man zieht lieber weniger an, als mehr. Die Dame mir gegenüber im Eiscafé Rialto hat sich für weniger entschieden. Sie trägt ungewöhnlich kleine und enge Shorts mit Leopardenmuster. So eng als wären die auf die Haut geschneidert. Eng, eng, eng. Muss ein extrem dünner und sehr elastischer Stoff sein, der gar nicht aufträgt. Man sieht jede Wölbung der Haut. Oben herum ein dünnes Leinenhemdchen in hellblau. Es kontrastiert merkwürdig zum gelb/braunen Leoparden-muster.

Ich habe genau hingesehen und mir lange den Kopf zerbrochen über den neuartigen extrem dünnen Stoff der Shorts. Bis mir klar wird, dass das Leopardenmuster direkt auf die Haut tätowiert ist. Na also.

HEIMAT

Heimat. Man sagt, jeder braucht einen Ort, an dem er sich zu Hause fühlt. Dann bin ich wieder einmal privilegiert. Ich bin überall zu Hause.

Meine Heimat ist mal hier, mal dort.

Ich kam mit Anfang Zwanzig nach Tunis. Durch Zufall. Wie immer in meinem Leben. Ein völlig fremdes Land, von dem ich nichts wusste, außer dass es sich gerade die Unabhängigkeit von seiner Kolonialmacht erkämpft hatte. Ich wusste nichts. Ich sprach die Sprache nicht. Aber ich war zu Hause.

Auf der Straße schnappte ich ein paar Brocken der Umgangssprache auf. Das war Französisch. Ich lernte ein paar Menschen kennen und schätzen. Ein paar Leute lernten mich schätzen. Ich war zu Hause. Heimat? Die Erinnerung an das heimische München verblasste rasch im gleißenden Sonnenlicht. Die Leute kamen auf mich zu und erklärten mir, was ich wissen musste. Die Leute kamen auf mich zu und boten mir Arbeit an. Ich machte meinen Weg. In kleinen Schritten. Aber auch das weiße

Haus am Meer, in Karthago, einem Vorort von Tunis wurde irgendwann zur Routine. Ich brauchte Abwechslung. Nizza, auf der anderen Seite des gleichen Meeres, reizte mich.

Dort kannte ich niemanden. Aber ich war zu Hause. Wieder einmal. Das historische Karthago und das magische Tunis wurden zur Vergangenheit. Dort war ein bisschen meiner Heimat. Aber jetzt hieß die Heimat *Côte d'Azur*. Ich lernte ein paar Leute kennen. Ein paar Leute lernten mich kennen. Nizza war eine Stadt der Künste. Traditionell lebten hier einige der wichtigsten Künstler der Welt. Nicht nur wegen des Lichts. Sondern wegen der Côte d'Azur. Ich tauchte kopfüber in den Kunsthandel ein. War bald ein Ansässiger. Ich war zu Hause. Wieder mal Heimat.

Der Esel fühlt sich zu wohl. Er geht aufs Eis. Ich ging nach New York City. Auf Anhieb war ich zu Hause. Diese Stadt kann man nicht lernen. Man muss sich aufsaugen lassen.

Heimat New York? Geht das? Jeder hier kommt von irgendwo her. Hier trifft sich die ganze Welt. Heimat? Hier? Dort? Überall!

GUTBÜRGERLICH

Ein gutbürgerliches Lokal in Köln. Zwei ältere, vom Leben enttäuschte Damen am Nachbartisch. Grau in Grau. Da blitzt kein bisschen Lebensfreude in den erloschenen Augen. Die eine war mal dunkel und ist jetzt dunkelgrau meliert. Grauer Top, grauer Pulli, graue Jacke. Herabhängende Wundwinkel. Da kommt nichts mehr. Gibt's noch Erinnerungen an bessere Zeiten?
Die andere war dunkelblond. Ist jetzt schlecht blond aufgehübscht. Naja, spielt keine Rolle mehr. Blaugrauer Pullover über irgendeiner Bluse. Beide Damen haben die Lehrerinnen - Dauerwelle „Istdochegal" im Haar. Ist wahrscheinlich auch längst egal, zumindest seit der Pensionierung. Da kommt nix mehr. Sie haben beide abgeschlossen. Die Ehemänner haben enttäuscht und sind längst unter der Erde. Abgeschlossen mit der Freude. Mit der Energie. Mit der Hoffnung.
Sie sitzen auf der Eckbank über Eck.
Plötzlich:
Die früher Dunkelblonde zieht sich den blaugrauen Pullover über den Kopf. Die

Bluse rutscht mit hoch. Ein großes Stück weich/weißer Haut wird frei. Da kriecht von der Seite eine geäderte Hand herbei. Streichelt und zieht die Taille kräftig näher. Vier erloschene Augen blicken sich an. Geht doch noch was?

Ein langes Zögern. Die gespitzten Lippen nähern sich vorsichtig. Geht nicht. Öffentlichkeit. Sie zucken zurück. Was sollen die anderen denken? Dann doch noch eine Annäherung. Diesmal kommt's zum Kuss. Der wird heftig leidenschaftlich: Die Hand um die Taille zieht kräftig näher. Die andere geht unter den Rock. Ich kann's unterm Tisch sehen.

Ist doch nicht alle Hoffnung verloren?

Sex Episoden-chronologisch

EPISODE 1

Jedes Sexleben beginnt irgendwann. Meines begann vor 75 Jahre. Also in grauer Vorzeit.

Wir wohnten in einem Dorf auf dem Land. Im Nachbarhaus wohnte Marion mit ihren Eltern. Marion und ich waren gleich alt.

5 zarte Jahre. Wir sollten unseren Geburtstag gemeinsam im Garten feiern, so entschieden unsere Eltern. Es gab Brause aus Brausepulver und grünen Wackelpudding.

Marion war ein süßes kleines Mädchen. Nachdem die Brause getrunken war, nahm Marion meine Hand in ihr Patsch-händchen. Sie zog mich über die Brücke in den Kurpark. Dort ging sie geradeaus auf einen Busch mit tief herab-hängenden Ästen zu. Marion schob ein paar Äste zur Seite und schon waren wir in einer halbdunklen Höhle. Von außen nicht einsehbar.

Der Boden unseres Verstecks war dick mit vertrocknetem Laub bedeckt. Marion zog das Höschen unter ihrem Rock aus. Sie zog mir auch die Shorts herunter. Dann führte sie meine Hand zwischen ihre Beine und ließ mich an ihrem Spalt spielen.

Marion wusste sehr genau, dass man dort unten schöne Spielchen spielen konnte. Ich hatte keine Ahnung. Wusste nur, dass die Erwachsenen mir irgend-etwas verheimlichten.

Jetzt wurde es immer spannender. Ich sollte einen meiner kleinen Finger in ihr Löchlein stecken. Danach sollte ich mich auf sie legen. Marion spielte mit ihren Fingerchen an meinem kleinen Schwanz herum. Ich verstand nicht, was das sollte. Sie drückte mich mit ihren Armen an sich. Das machte keinen Sinn. Blöd auf dem Mädchen zu liegen und nicht zu wissen, was ich machen sollte. Wahrscheinlich hatte Marion bereits

Erwachsene beobachtet. Ich war vollkommen ahnungslos. Ich hatte kein schönes Gefühl dabei. Nur Verunsicherung.

Dann schob mich Marion von sich herunter. Sie hob ihr Röckchen hoch und hockte sich über den Blätterboden. Marion pinkelte auf die trockenen Blätter. Ein transparenter dünner Strahl. Die Nässe suchte sich den Weg zum tiefsten Punkt unserer Höhle und bildete dabei ein Bächlein mit Bläschen am Rande. Dieses Bild und der geheimnisvolle Duft sind für immer in meinem Gehirn gespeichert. Soll sich einer wundern, dass ich eine Vorliebe für Pinkelspiele habe.

EPISODE 2

Fanny. Ich war zehn Jahre alt. Ein anderes, diesmal größeres Haus in Oberbayern.

Im Kellergeschoss die Waschküche mit mehreren Feuerstellen. Auf denen thronten große Kessel, in denen graues Wasser brodelte. Wabernde Dampfschwaben füllten den engen Raum. Fanny, eine große statuenhafte Frau, rührte mit ihren Holzlöffeln in der Brühe. Fanny war ein Turm von einer Frau. So um die 35 Jahre alt, mit wuchtigen Brüsten und einem kräftigen Hinterteil. Ich war ein eher schmächtiges zehnjähriges Kerlchen, das von der Welt der Erwachsenen fasziniert war, aber noch keine eigenen Erfahrungen besaß. Frauen waren ein großes unverständliches Geheimnis für mich.

Die Frau hatte längst bemerkt, dass ich von ihr fasziniert war. Für mich war die starke Fanny so etwas wie eine Schamanin, die in der Waschküche geheimnisvolle Rituale durch-führte. Es war heiß in dem Raum mit den Dampfschwaden zwischen grauen Beton-wänden. Um sich etwas

Erleichterung zu verschaffen, hatte Fanny einen Zipfel ihres bodenlangen Rocks in den Gürtel gesteckt. So konnte ich ein langes weißes Bein bis oben hinauf zur Hüfte sehen. Bei jedem Schritt stellte ich mir die Frage, wie weit hinauf darf ich dieses Mal sehen?

Fanny hatte längst verstanden, dass ich süchtig nach ihrem Anblick war. Sie begann ein neckisches Fangenspiel mit mir. Sie verfolgte mich um die blubbernden Kessel herum. Ich schlug Haken und rannte so schnell wie möglich. Trotzdem kam Fanny immer näher. Mir blieb nur die Flucht aus der Waschküche und ins Treppenhaus hinauf. Wir rannten die zwei Etagen über die Treppe. Fanny direkt hinter mir.

Die Eltern waren nicht zu Hause.

Oben schmiss ich mich im Wohnzimmer auf die Couch. Fanny drängte sich neben mich. Ich spürte ihre Wärme. Ich sah die weißen Schenkel bis sehr hoch hinauf. Fanny hatte ihren Rock weit nach oben gezogen. Wir atmeten heftig. Wir waren ja gerannt.

Fanny ergriff meinen dünnen Arm und schob ihn sich unter den Rock. Ich war erschrocken. Dort oben zwischen Fannys Schenkeln fühlte es sich haarig an. Es war heiß und feucht. Fanny stieß sich mit Gewalt mein Händchen zwischen die Beine. Mit ihrer anderen Hand war sie auf meinem nackten Oberschenkel. Sie kroch im Hosenbein meiner Shorts immer weiter hinauf. Dann spielte sie mit meinem kleinen Glied, für das ich noch keine Bezeichnung kannte. Plötzlich kamen ein paar Tropfen einer glitschigen Flüssigkeit heraus.

Merkwürdige Gefühle überkamen mich. Nein, das war kein Genuss. Das war eher die Furcht vor etwas Unbekanntem. Die Erregung ist geblieben. Die Furcht ist verflogen.

EPISODE 3

Yasmina, meine orientalische Prinzessin, machte mich zum Mann. Ich war kaum älter als zwanzig Jahre. Lebte damals in Tunis. Das schöne Land mit der uralten Geschichte hatte sich gerade von seinem Kolonialherren, Frankreich, befreit. Nach 200 Jahren Unterdrückung kam jetzt die Reaktion. Die Leute wollten europäischer sein, als die Europäer. Mary Quandt hatte in London gerade den Minirock erfunden. Der eroberte die Welt. In Tunis waren die Röcke noch kürzer als anderswo. Das Stückchen Stoff, das Yasmina trug, war nicht viel breiter als ein breiter Gürtel. Außerdem trug sie nichts drunter und war täglich frisch gewachst.

Wir lernten uns in einem der schummerigen Cafés ganz oben in der alten Medina kennen. Ein Ort der Traditionen, in den sich kein Fremder verirrt. Uns blieb nichts anderes übrig, als durch die überdachten Gassen hinunter zu meinem Auto zu gehen. Wir fuhren an den Strand von Raoued, damals eine menschenleere Gegend, kein

Vorzeichen von den 5 Sterne Hotels, die heute in Dreierreihen dort stehen. Sanddünen mit rauem Halfagras bewachsen, Wind, der den Sand vor sich hertrieb. Sonst nichts.

Ich hielt in der Mulde zwischen zwei Sanddünen. Yasmina und ich küssten uns. Ich merkte sofort, diese Frau war hemmungslos. Das Auto war eng, ein früher Käfer. Vorn in der Mitte, die Gangschaltung, ein senkrechter Metallstab mit einem Plastikknauf obendrauf. Etwas größer als ein Golfball und kleiner als ein Tennisball. Das Küssen wurde heftiger. Eine Brust fiel Yasmina aus dem Ausschnitt. Sie versuchte in dem engen Raum zu mir herüber zu klettern. Eine ungeschickte Bewegung und schon hatte sie sich auf der Gangschaltung verhakt. Der Knauf war weg. In Yasmina verschwunden. Yasmina genoss das Gefühl. Sie rutschte ein paarmal rauf und runter. Kurz bevor sie kam, setzte sie sich auf mich und wir erlebten gemeinsam einen gewaltigen Höhepunkt.

Ich habe den Knauf meiner Gangschaltung niemals abgewischt. Ich ließ das Auto nie

von innen waschen. Der schöne Duft sollte,
so lange, wie möglich, erhalten bleiben.
Später fuhr ich ein Auto mit Lenkrad-
schaltung. Darin waren die Exzesse
spartanischer.

EPISODE 4

Nizza. Sonnenschein. *Baie des Anges.*
Promenade des Anglais. Yvette mit ihrem
strahlenden Körper. Zu jener Zeit
schwappte gerade die Welle der glatt
rasierten Muschies herüber. Auch ich hatte
diese Obsession. Yvette machte mit.
Wir richteten uns also, bei gutem Licht, auf
meinem extrabreiten Bett ein. Ich hatte zwei
Lagen extra dickes Frottee untergelegt
Außerdem eine scharfe Schere, ein
Schälchen mit warmen Wasser,
Rasierschaum, einen guten Rasierer.
Zuerst die Härchen mit der Schere auf
Stoppelbartlänge kürzen. Dann greift der
Rasierer besser. Ich schnippelte langsam,
sorgfältig. Sehr sorgfältig. Sehr liebevoll.
Das gab mir reichlich Zeit und Gelegenheit
nebenbei über den Kitzler zu streicheln.
Yvette hielt ihre Schenkel weit gespreizt.
Der kleine Knubbel ragte rosa zwischen den
Lippen heraus. Es war kein Zufall, dass
mein kleiner Finger öfter dort hängen blieb.

Immer wieder. Immer öfter. Der Knubbel wuchs und wuchs. Das weiche Stück Haut wurde zu einem Block aus Marmor. Hart und prall. Bei jeder Bewegung stieß ich an. Aus allen Richtungen. In unterschiedlichem Rhythmus. Es war ein Spiel auf einem gespannten Drahtseil. Yvettes Atem wurde heftiger. Aus dem lauten Atmen wurde Stöhnen.

Bloß aufpassen, dass sie nicht zu früh kommt!

Der zweite Akt war der Rasierschaum aus der Dose. Ich verteilte ihn sorgfältig, hielt den Kitzler frei, tippte ihn aber häufig an. An Yvettes Hecheln hörte ich, dass ihr das Spiel gefiel. Außerdem konnte ich das Resultat nicht übersehen. Er war, mindestens, auf doppelte Größe angeschwollen. Eine schöne Bestätigung für meine zarten Berührungen. Den Rasierer führte ich sehr vorsichtig. Nur keine Verletzung auf der zarten Haut. Mein kleiner Finger verirrte sich immer wieder auf den zuckenden Kitzler.

Yvette genoss. Das hörte ich nicht nur an ihrem schnellen Atem, das sah ich auch an der weißen Soße, die aus ihrem Spalt quoll.

Ihre eigene Soße vermischte sich glücklich mit herab rinnendem Rasierschaum. Dieses Bild war zu verführerisch.

Mit einem Waschlappen wischte ich den Rasierschaum weg. Ich beugte mich zwischen ihre Beine. Meine geübte Zunge besorgte den Rest. Yvette war nicht nur glatt geschabt. Sie hatte auch einen, lange hinausgezögerten, Höhepunkt erlebt. Die Lebensqualität an der *Côte d'Azur* ist einzigartig.

EPISODE 5

Nein. Gelb war sie nicht, die Koreanerin Choi. Eher ein blasses Weiß, das sie mit viel Farbe aufpeppte. Heftiges Türkis auf den Augenlidern. Pink bis zum Maximum auf den Wangen. Der Mund tiefrot oder Violett oder Schwarz.

Nein, diskret war ihre Kriegsbemalung nicht. Als wir uns in New York City kennenlernten, hatte Choi schon eine gute Karriere als Fotomodel in Paris hinter sich. Jetzt war sie zu alt für den Job. Uralt. 27.

Nein. Klein war sie auch nicht. Erstaunliche 177 cm. Lange, gerade Beine. Der Po wölbte sich schön rund. Sie entsprach nicht dem Vorurteil, das viele von Asiatinnen haben.

Für eine schöne Frau hatte Choi ein viel zu freches Lachen. Wenn es sie überkam, spritzte sie scharfe Speichel Tröpfchen zwischen den Zähnen heraus.

Sexuell fuhren wir gewaltig aufeinander ab. Wir waren jung und hatten nur ein einziges Problem: Wir kamen zu schnell. Dann war's vorbei. Wir mussten uns bremsen.

Glücklicherweise hatten wir einen Weg gefunden, die Ekstase hinauszuzögern: Trockenste Wirtschaftswissenschaft. Ein dickes Werk eines bedeutenden Forschers lag immer auf unserem Nachttisch. Wenn wir lange, wild bis an die letzte Grenze gevögelt hatten und der erste Orgasmus sich ankündigte, dann lasen wir uns ein Kapitel, gefüllt mit Statistiken und Ziffern, vor. Der Drang zu kommen war, momentan, verzögert. Wir erfanden uns eine neue Position und fingen von vorne an. Ich muss gestehen: über Kapitel 7 sind wir niemals hinaus gekommen.

Choi ging von New York City zurück nach Seoul. Vielleicht hält sie dort Vorlesungen über Wirtschaftswissenschaften?

EPISODE 6

In Köln lernte ich die Lena kennen. Eine Verbindung glasklar, keine Schnörkel. Ohne Umschweife erklärte sie mir: von Dir will ich kein Gerede, keine Beziehung, keine Verpflichtung. Ich will Lust, Lust, Lust. Sonst nix. Das ging auch lange gut. Ich brauchte ihr nicht vor zumachen, ich sei der Ritter auf dem weißen Pferd, der sie vor allem Ungemach retten würde. Tatsächlich war da kein Geschwafel. Wir trafen uns 2-3 Mal die Woche. Bei ihr oder bei mir. Holten uns die 4-5 Orgasmen ab. Tauschten wahnsinnig viel Säfte aus und: redeten nicht.

Bis auf jenes eine Mal: Lena saß hoch oben auf mir und ritt meinen Harten gewalttätig. Sie war wilder als wild. Sie ritt wie eine Furie. Sie kreischte. Sie schrie, sie zischte von hoch oben herab:

„Ich fick dich tot!"
Drohung oder Versprechen?

KINDERMUND: HONIG

Als meine Tochter ein Kindergartenkind war, kam sie oft mit großen Erkenntnissen nach Hause:

„Vati, weißt Du, dass Bienenhonig eigentlich Bienenscheisse ist?"

Erschrocken drehe ich das Glas Honig auf dem Tisch herum. Gut, dass die Kleine noch nicht lesen kann. Auf dem Etikett prangt die Aufschrift: „Imker-Honig".

LIEBESBEWEIS

Vielen Päpsten hat man vorgeworfen, schwul zu sein. Nun, Pius XII machte niemand diesen Vorwurf. Dieser Papst brachte, ganz offen vor den Augen der Welt, in den Fünfzigern des vorigen Jahrhunderts seiner Geliebten den größtmöglichen Liebesbeweis. Pius „Haushälterin", Maria, hatte am 15. August Geburtstag. Also erfand der Papst kurzerhand einen Vorwand, um diesen Tag zum Feiertag für Millionen Katholiken zu machen.

Er nannte ihn Maria Himmelfahrt. Millionen Katholiken auf der ganzen Welt feiern jedes Jahr den Geburtstag der getreuen Maria unter diesem Fantasienamen. Wäre ein größerer Liebesbeweis möglich gewesen?

KLERUS

Alte Männer in Weiberklamotten
Unterdrücken Frauen
Missbrauchen Kinder
Und spielen sich als Moralapostel auf.

ÜBERFORDERT

Eine Fremde. Gute schlanke Figur. Leichtes Sommerkleid. Sie kommt direkt auf mich zu. „Ich bin ÜBERFORDERT von der großen Stadt".

„Ich liebe diese Stadt. Sie macht mir keine Probleme. Setzen wir uns ins Eiscafé. Sie sind eingeladen. „Danke."

Ein Gespräch mit losen Enden, das zu nichts führt. Außer: „Ich wohne in der Nähe. Dort können wir ungestörter reden."

„Gute Idee." Schweigend im Aufzug. Dann, angekommen in der Wohnung: „Schön haben sie es hier." „Es geht." Darf ich mal duschen?"

Gern. Hier ist Duschgel. Hier ist das Handtuch." „Danke."

Nach 10 Minuten kommt sie wieder raus. Das Kleid hat sie im Bad gelassen. Unterwäsche: keine. Sie präsentiert sich nackt tänzelnd. Tolle Figur. Kleine feste Brüste. Harte spitze Nippel. Schmale Taille. Gerundete Hüfte. Kein Härchen zwischen den Beinen.

Das größte Lächeln der Welt. Jetzt bin ich *überfordert.*

MARIANNA

Marianna war zu ihrer besten Zeit ein erfolgreiches Model. Sie lief über die Laufstege von Paris, Mailand und New York für Giorgio, „Darling", Armani. Es war auch meine beste Zeit. Marianna modelte ebenfalls für Helmut Newton, den Starfotografen. Sie war eines der Models seiner Serie Nudes, übergroße stehende Frauenakte in schwarz/weiß. Die hingen in allen wichtigen Galerien und Museen.

Zu dieser Zeit lebten Marianna und ich seit drei Jahren in New York zusammen. Wir waren auf einer Sommerreise an der *Côte d'Azur*. Das Kunstmuseum in Menton zeigte Helmut Newton „Nudes".

Wir standen vor Mariannas Abbild. Der statuenhafte Körper mit ernstem Gesicht, geraden Schultern, schlankem Rumpf, ein Büschelchen heller Härchen an der richtigen Stelle. Das ganze zwei Meter hoch. Perfekt ausgeleuchtet, wie alles, was Helmut ablichtete.

Eine Stimme hinter uns: „Tolle Arbeit."

Ein Kunde meiner damaligen Galerie.

Er kam nach vorn zu uns. Ein kurzer Blick: „Oh hatte ich gar nicht gesehen. Das Original ist ja noch prachtvoller. Wo hast du die her?"

„Konnte keine andere Begleitung für diese Vernissage finden."

JENSEITS

Das Jenseits ist eine Ware, die einige gierige Händler erfanden, als sie über Gewinnmaximierung nachdachten. Besser geht es nicht:
Eine Ware, für die man jeden Preis verlangen kann, ohne dass der kontrolliert werden kann. Das Jenseits kann niemand sehen, man kann es nicht abwiegen und auch nicht nachmessen. Man kann's nicht schmecken, nicht riechen, nicht fühlen und nicht hören. Ob es das Jenseits gibt, weiß niemand.
Am besten lässt man sich die Ware Jenseits nicht mit einer riesigen Einmalzahlung bezahlen, dachten die Händler. Kleine Summen, über das lange Leben verteilt, sind weniger auffällig. Noch wichtiger: Regeln aufstellen und absoluten Gehorsam

einfordern, um in den Genuss von Jenseits zu kommen. So schlug es der Vorsitzende der Jenseitshändler, Herr Papst, vor.

Albert Camus, der große französische Philosoph und Schriftsteller, fasste seine Erkenntnis 1957 in einem Satz zusammen: *„Jeder Mensch, der einem anderen irgendetwas über den Tod hinaus verspricht, ist ein Lügner…"* („Der Fremde", Literaturnobelpreis 1957).

NOBEL

Diese Geschichte liegt so weit zurück, dass ich die wahren Namen verwenden darf. Alle Protagonisten sind inzwischen verstorben. Niemand wird sich auf den Schlips getreten fühlen.

Es war in den Sechzigern des vorigen Jahrhunderts. Ich war ein junger Mann und wohnte, sehr komfortabel, in einem Vorort von Tunis. Tunesien wurde von seinem ersten Präsidenten seit der Unabhängigkeit regiert. Habib Bourguiba war ein weiser Mann mit pazifistischer Grundeinstellung. Er hatte erkannt, dass die größte Kriegsgefahr im Pulverfass des Vorderen Orients lauerte. Daher hatte Bourguiba schon früh einen Friedensplan entwickelt. Auf einer komplizierten Mission reiste Bourguiba zu allen damaligen Machthabern, die in der Region ein Wörtchen mitzureden hatten, um in Einzelgesprächen zu sondieren, welche Kompromissmöglichkeiten es gab. Das war ein sehr langer, sehr schwieriger Prozess, der nach der großen Reise in einem feinen

Netz diplomatischer Gespräche fortgesetzt wurde.

Der Präsident Bourguiba hatte einen sehr engen persönlichen Freund, der gleichzeitig sein wichtigster politischer Berater war: Cecile Hourani, ein hochgebildeter Libanese, von grenzenloser Klugheit und von großartigem kulturellen Wissen. Cecile war ein Mann, der von allen hochgeschätzt wurde, von den gewählten Regierenden, den Königen und Kronprinzen, Ministern, Künstlern und Wirtschaftsbossen.

Hourani war ein ungeheuer geradliniger Verhandler. Jedermann wusste, sein Wort zählte. Wenn Cecile Hourani Vorschläge machte, dann waren diese so gemeint, wie er sagte. Er benutzte niemals die verklausulierte Sprache der Diplomaten, die sich immer ein Hintertürchen offenhielten.

Cecile Hourani, das war ein Mann ein Wort. Ich war sehr geschmeichelt, dass dieser hervorragende Mann, die graue Eminenz des Präsidenten Bourguiba, mich zu seinem persönlichen Freund erwählt hatte.

Wir trafen uns manchmal bei offiziellen Anlässen, aber hauptsächlich privat zu diesem oder jenen Schwatz in seinem Haus oder in meinem.

Eines Nachts, es war pechschwarz. Es muss so um Mitternacht gewesen sein, läutete es an meinem Gartentor. Dort stand Cecile Hourani. Nicht ungewöhnlich. Er kam manchmal auf ein gutes Gläschen herüber. Aber diesmal war er kurz angebunden:

„Ich muss mich verabschieden, wir sehen uns vielleicht niemals wieder."

„Cecile, was ist passiert?"

„Ach nichts Besonderes. Ich muss ganz privat ein kleines Problem lösen, das auf dem üblichen diplomatischen Weg nicht lösbar ist. Der Präsident hat mir ein Flugzeug gegeben. Ich muss los. Ciao." (absolut wortgetreu aus meiner Erinnerung).

Ich wusste, nachfragen machte keinen Sinn. Cecile sprach aus, was er sagen wollte. Er behielt für sich, was ich nicht zu wissen brauchte.

„Alles Gute Cecile, ich drücke dir die Daumen."

Er stieg in seinen klapprigen Peugeot, ohne Fahrer, ohne Bodyguard. Hourani war nicht prestigesüchtig. Er fuhr zum Flughafen.

Cecile Hourani flog nach Israel. Er wurde, weil angekündigt, sofort vom Präsidenten Begin empfangen.

„Begin, Dein Glückstag, Du kannst Deinen Friedensvertrag haben."

Begin: „Danke, Cecile. Wie sehen die Bedingungen aus?

Hourani: „Ein paar Kleinigkeiten bleiben zu regeln, aber die haben wir schnell erledigt."

Begin: „Fang mit dem Schwierigsten an."

Hourani: „Naja, das sind die Ziffern. Du willst 250.000 neue Wohnungen in den Palästinensergebieten bauen. Das sind eindeutig zu viele."

Begin: „ Was willst Du? 200.000, 180.000?

Hourani: " bei 150.000 könnten wir uns treffen."

Begin: „Ich glaube das ist durchsetzbar."

Hourani: „Klingt gut. Aber eine kleine Hürde gibt es noch."

Begin: „Vorsicht, ich kann nicht endlos Kompromisse eingehen. Lass trotzdem mal hören."

Hourani: „Keine Bebauung der Hügel am Negev. Des Wassers wegen."

Begin: „ Das klingt nicht gut. Moment mal."

Begin ging in einen Nebenraum zum Telefonieren.

Obwohl Begin ziemlich laut wurde, konnte Cecile nicht verstehen, was er sagte. Es dauerte nicht lange. Dann:

„In Ordnung, die Hänge der Negev bleiben frei. Im Gegenzug fordern wir einen mindestens 25jährigen Nichtangriffspakt."

Cecile Hourani: „Schön wir kommen voran. Jetzt lässt Du noch meinen Flieger auftanken, dann bin ich weg. Morgen machen wir weiter."

Cecile Hourani flog nach Kairo zu Sadat:

„Anwar, alter Haudegen, Du bekommst deinen Friedensvertrag, wie gewünscht.

Die bauen nur 150.000 Wohnungen, die Hügel an der Negev bleiben frei. Du garantierst im Gegenzug mindestens 25 Jahre kein Angriff.

Sadat: „Klingt halbwegs OK. Ich will aber keine Betonmauern, keinen Stacheldraht, keine Panzer an der Grenze. Freie Grenz-überschreitung für die Bürger beider Länder. Passkontrollen OK , aber keine Schikane. Dann bekommt ihr sogar 30 Jahre."

Cecile: „Danke Sadat, lass meinen Flieger auftanken. Ich komme zurück."

Hourani flog zu Begin:

„Fast geschafft, alles wie besprochen. Du bekommst 30 Jahre Frieden. Nur keine Panzersperren, keine Betonmauern, kein Stacheldraht."

Begin: „Du hast deinen Deal"

Cecile: „Ich wiederhole: 150.000 Wohnungen. Nichts auf den Negev Höhen, keine Panzersperren, kein Stacheldraht aber 30 Jahre Frieden."

Stimmt!" unterbrach Begin.

Cecile: „Noch zwei winzige Details. Gib mir ein Büro, eine Schreibmaschine und einen Stapel Papier und dann tank meinen Flieger auf."

Cecile Hourani tippte mühselig mit einem Finger den historischen Friedensvertrag zwischen Israel und Ägypten. Dann las er ihn sorgfältig Begin vor.

„Hier unterschreib."

Begin: „Aber wenn der andere nicht unter-schreibt?"

Cecile: „Der tut's. Wenn ich's dir sage."

Cecile Hourani flog zu Sadat:

„Der Vertrag ist fertig. Hier unterschreib."

Drei Monate später erhielten sowohl Begin wie Sadat den Friedensnobelpreis, obwohl alle Insider wussten, dass die beiden Herren sich niemals getroffen haben. Die Fotos mit dem Händedruck sind Fotomontagen.

STADTHEILIGE

Die Stadt Köln hat drei besondere Stadtheilige. Ihre Gebeine liegen im Kölner Dom in einem güldenen Schrein. Jeder kennt ihre Namen.

Früher hießen die Heiligen Drei Könige Kaspar, (meinetwegen auch mit „C") Melchior und Balthazar.

Jeder, der mal mit der Kölner Stadtverwaltung zu tun hat, weiß, dass diese Herren längst umbenannt wurden. Jetzt sind ihre Namen Feiertag, Brückentage und Urlaub.

Wehe, Sie versuchen in den Epochen um Weihnachten/Neujahr, Ostern/ 1. Mai, Pfingsten, usw. irgendetwas mit irgendeiner Behörde zu regeln.

Zappen duster: Briefe und E-Mails werden nicht beantwortet. Das Telefon wird nicht abgehoben oder klingelt kontinuierlich besetzt. Zahlungen werden nicht durchgeführt. Bescheide nicht versandt.

Oh, was für glückliche Zeiten waren es damals, als die Heiligen Drei Könige noch *Kaspar, Melchior* und *Balthazar* hießen.

MARIA

Maria. Ein Schlitzohr. Joseph vögelt nicht mehr. Er wird seine Gründe haben. Maria lässt sich von einem Fremden schwängern. One-Night-stand. Sofort erfolgreich. Maria. Schlitzohr, entrüstet: „Ich untreu?? NIE!!"
Also: „Der Heilige Geist war es. Ich bleibe jungfräulich."
Ganz schön gewagt. Was meinen sie?

MENTALITÄT

Jeder kennt diese Geschichte, die nicht nur die unterschiedliche Sprache sondern auch die unterschiedliche Mentalität zwischen Deutschen und Franzosen aufzeigt:

Die internationale Sprachenschule, in der *rue del'Université* in Paris. Ein gut aussehender deutscher Student und eine schöne französische Studentin besuchen die gleiche Klasse.

Sie flirten ein bisschen. Sie gefallen sich. Er lädt sie zum Kaffee oder zum Aperitif ein. Der junge Mann wird mutiger. Er fasst sich ein Herz und lädt die schöne Claudette zum Diner in ein gutes Restaurant ein.

Das Gespräch läuft flüssig. Sie sehen sich viel in die Augen. Nach dem Dessert nimmt Max seinen ganzen Mut zusammen. Er legt seine Hand auf ihre und sagt:

"Claudette, du bist wunderschön, intelligent und perfekt. Ich würde gern mehr von dir kennenlernen. Ich möchte mit dir schlafen."

„Oh, du enttäuscht mich, " antwortet Claudette, „Ich möchte gern mit dir *vögeln…*"

MONOGAMIE

Ich hätte es früher verstehen müssen. Egal.
Ist mein Fehler und ist vorbei:
Ich habe Dich vollkommen 100% geliebt.
Ohne Einschränkungen. Hatte nicht verstanden, wie monogam Du bist. Du kannst nur eine Person lieben. Dich selbst.

UNTER WASSER

Dieses Paar liebt sich. Immer und überall. Jetzt schwimmen sie im kristallklaren Wasser einer engen Felsenbucht am Cap Ferrat bei Villefranche an der Côte d'Azur.

Sie schwimmen nebeneinander. Berühren sich spielerisch, driften auseinander, kommen wieder zusammen. Sie streicheln sich über die nackten Teile ihrer Körper. Sie, Marianne, trägt einen süßen sehr kleinen gelben Bikini. Er, Lazló ist in roten Schwimmshorts. Nicht lange, denn sie haben Lust aufeinander. Marianne streift zuerst das Oberteil ihres Bikinis ab, dann schlüpft sie auch aus dem winzigen Höschen. Lazló trödelt nicht und schiebt die Shorts hinunter und lässt sie auf dem Wasser neben sich treiben. Sie gehen nicht unter. Marianne und Lazló tauchen mit weit offenen Augen aufeinander zu. Dann tauchen sie gemeinsam auf. Sie pusten das Wasser aus Nase und Mund und wischen sich über die Augen. Marianne lacht: „Ich bin schon ganz feucht."

HÖFLICHKEIT

Höflichkeit ist nicht ausgestorben.
Isabell ist, fast lautlos, aufgestanden und
hat sich schon angezogen:
„Ich muss heute früh raus. Danke für den
Orgasmus."

Die folgenden 10 Kurzen zum Thema
Hoffnung entstanden für H. A. Schults
Media Skulptur „TREE OF HOPE" am
Konrad- Adenauer- Ufer zu Köln.

1.SCHLAG

Der massive Schlaganfall traf ihn aus heiterem Himmel. Er zerstörte sein Leben auf einen Schlag:

Der eigene Körper war weg. Das Selbstvertrauen war weg.

Die Ehefrau war weg und hatte das Baby gleich mitgenommen. Das Geschäft war ruiniert. Er konnte die Wohnung nicht halten.

Aber er wusste: das Baby braucht einen Vater.

Also überlebte er die 14 Tage auf der Intensivstation.

Das Baby braucht einen Vater. Also überlebte er die 3 Monate im Krankenhaus.

Das Baby braucht einen Vater, also lernte er wieder gehen.

Es dauerte ca. 3 Jahre, bis er seine schwere Depression überwunden hatte. Dann kamen eine neue Liebe, ein neuer Beruf, ein neues Leben.

2.MAURICE

Maurice war Landschaftsfotograf. Sehr geschätzt für seine Wüstenfotos. Seine Redaktion schickte ihn in die Wüste Sahara für noch eine Reportage. Im Grenzgebiet zwischen Libyen und Algerien. Maurice und sein Assistent André wurden von einem Sandsturm überrascht. Der dauerte Tage und Nächte an. Maurice verlor den Sinn für die Zeit. Kein Tag. Keine Nacht. Nur Sand vor den Augen. Vielleicht Wochen? Das Auto verreckte, kein Benzin, kein Wasser, kein Öl. Nur Sand, Sand, Sand. André starb. Sand in den Augen. Sand in der Nase. Sand im Mund. Maurice vergrub ihn notdürftig am Fuß einer Sanddüne. Maurice galt 6 Monate lang als vermisst. Bis er die Tür seiner Redaktion in Paris aufstieß. Niemand erkannte ihn. Wegen der zotteligen Haare, des zotteligen Bartes und der Brandblasen im Gesicht. Jetzt fotografiert Maurice wunderbare Meereslandschaften. „Wüste? Nee, nie wieder."

3.LUCILLE

Lucille arbeitete in den frühen Zwanzigern in den finstersten Kneipen von Pigalle als Tänzerin. Sie lebte nachts. Überwiegend von Alkohol, Zigaretten und Männern. Pierre, ein junger Künstler, der Motive für seine Bordellbilder suchte, heiratete Lucille. Am Anfang war alles gut. Bis Pierre einen Anruf von Lucilles Arzt erhielt: "Sie müssen jetzt sehr lieb zu ihrer Frau sein. Sie hat höchstens noch 2-3 Monate zu leben. Krebs im Endstadium. Sie verweigert jede Therapie. Wir könnten sie retten. Aber sie will keine Hilfe." Irgendwie ging das Leben weiter. 5 Jahre später ein neuer Anruf vom Arzt: „Pierre, bitte reden sie eindringlich mit ihrer Frau. Jetzt geht es rasant bergab. Durch eine rasche Operation plus Chemotherapie ist sie vielleicht noch zu retten. Reden sie ihr gut zu. Sie braucht schnellstens die Behandlung. Aber sie sträubt sich. Vielleicht noch 3 Wochen, oder weniger." Die Anrufe wurden dringlicher.

Ich lernte Lucille als sehr alte Dame in Cannes kennen. Sie sagte mir:

„ich habe eine Vereinbarung mit meinem Krebs getroffen. Mein Körper ist groß genug für uns beide. Wir teilen ihn uns. Wir bekämpfen uns nicht." Lucille starb, 92 jährig an Altersschwäche, nachdem sie 55 Jahre mit „Krebs im Endstadium" gelebt hatte.

4. HEIMKEHR?

Sechs Jahre Krieg. Harald hatte in Schlammlöchern vegetiert. War im Schnee fast erfroren. Er hatte die zerfetzten Körper seiner Kameraden gesehen und die der Gegner. Bomben, Artillerie, Gewehrsalven, Explosionen. Einzelne Scharfschützen. Plötzliche Stille. Der Krieg war vorbei. Wie viele Tausend Kilometer nach Hause? Harald ging los. Er wusste in ungefähr die Richtung. Er musste stehlen, um zu essen. Aber da war nichts zu stehlen. Hunger, Durst, wunde Füße, kaputter Körper. Irgendwie blieb Harald aufrecht. Wochen, Monate, Jahre? Keine Ahnung. Er schleppte das Gewicht seines Körpers, der immer leichter wurde. Hoffnung? Die wurde jeden Tag kleiner. Aber ein Fünkchen blieb. Weiter, weiter, weiter. Vielleicht in zwei Wochen? Oder in zwei Monaten? Haralds Frau Anna war zu Hause. Sie umarmten sich.

5.ALLEINERZIEHEND

Alleinerziehende Mutter.
Katastrophe. 3 Kinder. Der Kerl ist weg. Aus blauem Himmel. Warum? Klar, die Andere ist 15 Jahre jünger. Und jetzt? Der gemeinsame Friseursalon, überschuldet. Aus dem Geschäft hatte er noch alles rausgezogen, was zu holen war. Miete hatte er seit vier Monaten nicht bezahlt. Die Lieferanten auch nicht. Wohl seitdem er Carla, die Jüngere, kennengelernt hatte. Die beiden sind weggezogen aus der Stadt. Haben keine Spur hinterlassen. *Lass doch die Alte und ihre Bälger. Wir machen es uns schön.*
Mit dem Vermieter reden. Mit den anderen Gläubigern reden. Ratenzahlungen vereinbaren. Die Kinder zu Hause wollen essen, neue Schuhe, neue Jacken, Schulzeug. Die Ämter: stapelweise Formulare, Anträge und nochmal Anträge. Anträge. Anträge, noch und noch. Aber keine Hilfe. Aussichtslos, alleinerziehend. Erziehung? Woher die Zeit nehmen, wenn man 16 Stunden am Tag

schuften muss, um die Schulden des Abgehauenen zu bezahlen? Sie macht, was sie machen muss und noch ein bisschen mehr, wie viele Alleinerziehende. Sie bringt ihre Kinder durch die Schule, wickelt den Salon ab und nimmt eine Stellung als Friseuse an. Alles Paletti? Nee. Aber ein Schritt nach dem anderen.

6.SEENOT

Manche halten das Mittelmeer für eine Badewanne. Aber wehe wenn der Mistral tobt. Windstärken bis 9 und 10 sind möglich. Bernards Nussschale war zerschmettert untergegangen. Schwimmen war eine Qual. Auf den Wellengipfeln war nur Gischt. Kein Sauerstoff. Im Wellental konnte Bernard ein bisschen atmen, bevor das Wasser über ihm zusammenschlug. Sich über Wasser zu halten ohne zu atmen und ohne zu ahnen in welche Richtung er schwimmen musste, war eine hoffnungslose Sache. Bernard war klar, dass kein Rettungsschiff ihn je finden würde in diesem tobenden Element. Er war auf sich allein gestellt in einem schäumenden Meer. Wenn er das salzige Zeug schluckte, musste er husten. *„Merde"*, dachte Bernard, habe ein besseres Ende verdient. Vor Erschöpfung verlor Bernard das Bewusstsein. Er ließ sich treiben, schluckte Wasser, hustete und wusste nicht wo er war. Dann war Bernard so oft unter Wasser, wie er über Wasser war. Danach war Bernard mehr unter Wasser als über Wasser. Er ließ sich nicht gehen, obwohl das einfach gewesen wäre. Bernard wollte unbedingt Frau und Kind wiedersehen. Er holte sich dann Luft, wann es möglich war. Selten. *So ist es also, wenn man ertrinkt.* Bernard verlor das Bewusstsein. Wie lange? Das weiß keiner. „Können sie mich hören?" fragte der Arzt in der Ambulanz. „Klar, ich bin doch nicht blöd", sagte Bernard.

7.TRAMBAHN

Mit 15 war Herbert in München unter die Tram geraten. Beide Oberschenkel mussten amputiert werden. Herbert war ein sehr guter Turner gewesen. Der Beste unserer Klasse. Ein Drama im Rollstuhl zu sitzen. Zuschauen zu müssen. Herbert trainierte weiter. Unermüdlich, verbissen. Seine Schultern, sein Brustkorb und seine Arme entwickelten sich gewaltig. Herbert wurde ein erstklassiger Turner am Reck. Auch wenn er zu seinem Gerät hinaufgehoben werden musste.

8.RHABIBA

Rhabiba, 5 Jahre alt, lebte im Süden Tunesiens in einem Lager am Wasserloch. Eine Hütte aus Lehm und Palmzweigen. Zwei Zelte. Eine Quelle. Ca. 12 Erwachsene, ein paar Kinder. Esel, Schafe, Dromedare. Strenges Regiment mit harten Regeln. Oft bekam das Mädchen ein Messer an die Kehle gesetzt: "Wenn Du das jemals wieder tust, schneide ich dir den Hals durch". Das war die Mutter. Aus dem Transistorradio eines Onkels erfuhr das Mädchen, dass das Paradies im Norden war. Große Städte, Schulen, gutes Essen, Viele Menschen, Straßen, große Häuser, Restaurants, Geschäfte, Strände, Autos, Flugzeuge, Unfälle, Polizei, Regierung, Revolutionen, Bücher, Filme, Musik. Rhabiba lernte die Himmelsrichtungen von ihrem Onkel. Die Fünfjährige floh in der schwarzen Nacht. Die Onkels auf ihren Pferden konnten sie nicht finden. Das kleine Mädchen ging tagelang, wochenlang, monatelang nach Norden. Rhabiba arbeitete für Brot. Sie stahl. Rhabiba kam in die Großstadt Tunis. Rhabiba fand eine

Schule, die sie aufnahm. Sie verdiente ein wenig Geld, indem sie anderen Armen im Haushalt half. Das Mädchen machte sich gut in der Schule. Sogar sehr gut. Dann schaffte sie es aufs Gymnasium. Nebenher arbeitete sie weiter im Haushalt. Rhabiba legte jeden Dinar zurück. Eines Tages konnte sie eine Fährpassage von Tunis nach Marseille buchen. Von Marseille kam sie per Autostopp nach Paris. Dort erkämpfte sie sich ein Stipendium für die Uni. Heute ist sie eine anerkannte Journalistin, die in Frankreich für die besten Zeitschriften arbeitet und außerdem erfolgreich Bücher veröffentlicht.

9.SCHWARZ

Schlimmer ging es nicht. Er wurde als schwarzer Junge in Südafrika geboren. Ein böses Handicap. Die weißen Herren hielten alle Macht in ihren Händen. Sie konnten den schwarzen Jungen unten halten. Und taten es. Der kleine Schwarze ließ sich die gute Laune nicht verderben. Er strahlte schon als 6jähriger sein ansteckendes Lächeln, das ihn später weltberühmt machte. Als Halbwüchsiger lehnte er sich auf. Er entwarf, mit seinen Kumpels, eine Welt in der Schwarze und Weiße gleich viel wert waren. Auch in den heftigsten Diskussionen behielt er sein Lächeln. Er wurde gefangen genommen. Verprügelt. Er lächelte. Wieder gefangen genommen. Wieder verprügelt. Er behielt sein unüberwindliches Lächeln. Auch 27 Jahre Einzelhaft konnten ihn nicht brechen. Er wurde der lächelnde Präsident, der die Apartheit besiegte. Nelson Mandela.

10.ROAD RUNNER

Ich traf Bernd in einer Reha Klinik in Indien. Er sauste in Höchstgeschwindigkeit durch den Park. Seine Beine waren hoch und staksig. Irgendwie ungeschickt. Der Oberkörper war genau in der Hüfte rechtwinklig nach vorn geknickt. So als wollte er am Boden vor sich erschnüffeln. Bernd rannte genauso wie der Road Runner aus den alten Zeichentrick Filmen. Nur dass er keine quietschende Bremsspur hinter sich herzog. Dafür, dass er schwer behindert war, kam Bernd rasch voran.
Als seine schwere Krankheit, Parkinson, zuerst diagnostiziert wurde, verlor er sofort seinen guten Job in Hamburg. Damit fing die Arbeit an. Aus einem normalen 8 Stunden Job wurde ein16 Stunden und mehr Arbeitstag. Bernd las alle Veröffentlichungen über seine Krankheit. Er besuchte alle Spezialisten, die anerkannten und die nicht anerkannten. Bernd trat in Verbindung mit anderen Betroffenen. Er probierte sämtliche Medikamente. Die die

es auf Rezept gab und die, die man nur unter der Hand bekam.

Bernd baute ein Netzwerk auf mit anderen Betroffenen. Sie tauschten Erfahrungen aus. Schrittweise wurde die Therapie für seine Krankheit zum Lebensinhalt. Jetzt führt Bernd ein fast normales Leben als Road Runner, mit einem Nebenjob, in dem er etwas Geld verdient. Er hält das von ihm geschaffene Netzwerk lebendig und ermutigt andere den Kampf gegen die Krankheit aufzunehmen und zu gewinnen.

Diese 10 Geschichten für H A Schults TREE OF HOPE sind alle wahre Geschichten. Alle außer „Nelson Mandela", aus meinem persönlichen Umfeld.

MUTTERLIEBE

Mutterliebe? Die gibt es nicht! Sonst
würden die sich nicht das Neugeborene als
Knautschzone vor den Bauch binden.

JANETTE

Schöner warmer Sommertag. Ich hatte Janette seit Langem nicht mehr gesehen. Plötzlich stand sie vor mir. Ihr dünnes Kleidchen wehte in der leichten Brise.

Wir hatten in der Vergangenheit mal leicht miteinander geflirtet. Etwas Ernsthafteres war niemals geschehen. Jetzt war sie hier und strahlte mit der Sonne um die Wette.

Die Gelegenheit?

„Schön, Dich zu sehen. Du hast dich nicht verändert. Wir sollten uns mehr Zeit füreinander nehmen."

Dann fügte ich an:

„Darf ich dich Morgen zum Frühstück einladen?"

Janette: „Oh ja, sehr gern."

Ich: „Dann sei bitte heute Abend um 20.00 Uhr bei mir."

Janette: „ich bringe meine Zahnbürste mit."

WISSENSCHAFTLER

Ornithologe müsste man sein.
Dann könnte man ständig vögeln.

SYMBOLE

Großkonzerne verstecken sich nicht hinter Symbolen, sondern schmücken sich mit ihnen. Es geht um den Wiedererkennungswert und um das Image des Unternehmens.

In dem, möglichst einfachen, Firmenlogo sollten die hervorragenden Qualitäten der Ware symbolisiert sein. Rolls Roys schmückt sich mit dem doppelten RR. Mercedes hat den dreizackigen Stern. Lufthansa das Fluggetier Kranich, mal gelb, mal weiß. Coca Cola zieht seinen flüssigen Schriftzug aus dem 19. Jahrhundert über die rote Grundfläche.
Die alten Ägypter beteten zum Sonnengott Râ, einer goldenen Scheibe. Die Buddhisten erfreuen sich an einem grinsenden, dicken Mann. Nur die Christen tanzen aus der Reihe. Kann sich jemand ein depressiveres Symbol für eine Religionsgemeinschaft vorstellen, als einen, an ein Stück Holz genagelten, Kadaver? Zu diesem ultimativen Symbol des Scheiterns beten die Christen. Pervers oder was?

BESITZ

Don, ein guter Freund, Mitte 40, gebildet, intelligent, mit akademischem Titel, leitet eine angesehene Firma. Also alles paletti.

Don lebt seit Jahren mit der attraktiven Karinna zusammen. Gut passendes Paar.

Ich treffe Don im Café. Netter Small Talk. Nix Besonderes. Dann:

„Tschüss, bis bald. Bitte grüße die Karinna…"

„Ja, die Karinna, die gehört nicht mehr mir. Die gehört jetzt einem Rechtsanwalt…"

Mir schlackern die Ohren. Waas, Sklaverei ist immer noch angesagt?

SPLITTER

SHORTIES

1 "Ergebt euch, " schreit der Angreifer,
„ich bin in der Überzahl."

2 „Ich kann kein Blut sehen", sagt der
Blinde.

3 „Nie wieder Krieg", denkt der sterbende
Soldat.

4 „Die Zukunft steht, für jedermann
unlesbar, in den Sternen.

5 „Was ist besser als sexy Dessous?
Keine Dessous!

KONSEQUENZ

Es gibt Grenzen, die darf niemand über-
schreiten. Auch ein sonst netter, kultivierter
Mensch darf mir nicht sagen:
"Aber es war nicht alles schlecht, was Adolf
tat."
Was tun? Ich stehe auf und antworte:
„Ich gehe jetzt lieber. Sonst müsste ich Dir
eine knallen." Er bleibt bedröpelt sitzen.
Versteht die Welt nicht mehr.

LATERANVERTRÄGE

Einer der schlimmsten Päpste, den sich die katholische Kirche geleistet hat, war der fiese Verbrecher mit dem sanften Lächeln und den runden Brillengläsern.

Ja, Pius XII. Der Kerl, der mit dem Verbrecher Adolf Hitler einen Freund-Schafts Vertrag geschlossen hat, der seiner Kirche immense wirtschaftliche Vorteile gesichert hat. Im Gegenzug hielt er die ständig grinsende Klappe zu Hitlers Gräueltaten. Fast gleichlautende Verträge schloss der Mann mit den drei anderen faschistischen Diktatoren. Mit Mussolini für Italien, mit Franco für Spanien und mit Salazar für Portugal.

Gleich nach Ende des Weltkriegs kündigten Italien, Spanien und Portugal ihre bösen Verträge mit dem teuflischen Grinse Mann auf. Nur für die Bundesrepublik Deutschland ist dieses Konkordat immer noch gültig. Keine deutsche Regierung hat sich an dieses heiße Eisen gewagt. Wir sind nach wie vor Vasallen der Verbrecher im Vatikan. Trägt doch unsere größte Partei das Heilige „C" im Namen. So setzen wir die gute

Tradition fort, hassen Juden und alle Andersartigen. Die Bundesregierung möchte sogar die Kontaktsperre wegen Corona nur bis zum 19. April aufrechterhalten. Damit am 20. 04. bierselig „Führers Geburtstag" gefeiert werden kann. Pius XII sitzt auf seinem Wölkchen, schlenkert mit den dünnen Beinen und grinst. Halleluja!

SCHLIMMER ALS COVID 19

Schrecklicher als alle anderen Seuchen sind die religiösen Menschen, die im engen Korsett ihrer Regeln leben und ständig versuchen anderen ihre Vorschriften aufzuzwingen. Sie verpesten die Welt mit der Angst vor dem göttlichen Strafgericht.

PATCHWORK- CHAOS

Diese Patchwork Familie ist besonders unübersichtlich. Weil sie sich für etwas Besseres hält:
Der Alte glaubt, er sei der Schöpfer von Allem. Sturkopf. Eigensinnig. Duldet keinen Widerspruch. Weiß alles besser. *Ich bin der Herr...*
Der Sohn ist etwas aufmüpfig. Revoluzzer, wie andere junge Leute. Wenn der Alte sagt: „Auge um Auge, Zahn um Zahn". Antwortet der Sohn: „Wenn dir einer auf die rechte Wange schlägt, halte ihm auch die linke hin." Wie soll das zusammen gehen? Typischer Generationenkonflikt.
Die Mutter weiß gar nix. Nicht einmal, wer sie besamt hat. Behauptet, trotz Sohnes, sie sei Jungfrau. Da kommt ein verwegener Onkel ins Spiel. Er nennt sich Heiliger Geist. Er macht es mehr virtuell, als vaginal Alles ist unbestimmt. Aber vielleicht? War er es??!!

SCHOCK

Schockierend für viele, dass der Ursprung der Menschheit in Afrika liegt und nicht in Europa. Die Forschung hat diese Tatsache absolut unwiderlegbar nachgewiesen.

Noch schockierender scheint es zu sein, dass der gesamte Globus von einer einzigen menschlichen Rasse bevölkert wird. Dem *Homo Sapiens.* Ob Chinesen, Schweden, Russen, Polen, Mexikaner, Portugiesen, Deutsche, Inder, Afrikaner, Griechen, Türken, Palästinenser, Italiener, etc. - wir sind alle *Homo Sapiens*. Eindeutig. Mit unterschiedlicher Hautpigmentierung. Jawohl. Homo Sapiens.

Auch wenn einige sich für etwas Besseres halten.

Anstatt des Autorenportraits

Ich habe zu selten DANKE gesagt.

Obwohl ich ein langes, sehr buntes Leben führe, das mich um die halbe Welt gebracht hat. Dabei stolperte ich in die aufregendsten Berufe und fiel wunderbaren Frauen in die Arme.

Besser hätte es nicht kommen können.

Allerhöchste Zeit, danke zu sagen. Wem?

Ich glaube nicht an Gott, an keine höhere Macht, auch an keine Vorsehung, die mein Schicksal gesteuert hätte. Es gibt nur eine Kette von irrationalen Zufällen. Ich habe sie angenommen und etwas daraus gemacht. Und doch gibt es da einen, der alles angestoßen hat und dem ich danken muss: meinem *Religionslehrer im Gymnasium.* Ich erinnere mich nicht an seinen Namen.

Er war ein stämmiger, kleiner Mann in einem etwas zu engen dunklen Anzug mit Nadelstreifen. Er bewegte sich, vorn vor der Tafel, mit leicht abgespreizten Armen, wie ein Muskelprotz. John Wayne, wenn er im Gegenlicht in den Sonnenuntergang spazierte.

Ich ging in München ins Gymnasium. Ich war 16 Jahre alt. Die mittlere Reife stand kurz bevor, so hieß das damals. Ich war kein guter Schüler und kein schlechter. Durchschnitt. Einer, der mit etwas Glück durch jede Versetzung rutschte.

Außerhalb der Schule war ich sportlich. Ich spielte Eishockey und Tennis. Ich hatte schnelle, automatisierte Reaktionen.

Mitten in der Religionsstunde rief mich der Lehrer, im engen Anzug, zu sich nach vorn an die Tafel. Als ich vor ihm stand, knallte er mir eine, aus heiterem Himmel, ohne ein Wort zu sagen. Mir schien das Trommelfell zu platzen. Trotz des Schocks war meine Reaktion augenblicklich und automatisiert: ich holte weit aus und verpasste ihm schnell nacheinander eine wuchtige Vorhand und eine ebenso rasante Rückhand. Ich hatte mir Kraft und Wucht aus den Knien geholt. Der Kopf des Lehrers schleuderte einmal nach rechts und einmal nach links. Ich ging zurück an meinen Platz, nahm meine Schulbücher und ging nach Hause. Zu Hause sagte ich meiner Mutter:

„Heute war mein letzter Schultag. Ich kann da nicht wieder hingehen."
„Weißt Du wie es weitergehen soll?"
Ich antwortete: „Ja."
„Dann ist alles in Ordnung. Ich melde dich morgen ab."
Was für ein Glück, dass ich eine so coole Mutter hatte. (lange bevor das Wort gebräuchlich war).

Ich bekam eine Lehrstelle im grafischen Gewerbe bei einem großen Münchner Verlag. Genau der richtige Beruf für einen etwas Aufmüpfigen! Er öffnete mir später alle Türen. Ich wurde sehr gründlich ausgebildet.
Mein Beruf brachte mich, nach beendeter Lehrzeit, zuerst in eine gut bezahlte Stellung. Dann, auf Umwegen, nach Tunis, wo ich mich zum ersten Mal selbstständig machen konnte. Ich war ein bisschen in Rom, in Paris und in Mailand, wo wir Zulieferer hatten. Von Tunis ging ich nach Nizza, weil ich Frankreich kennenlernen wollte. Und von der Côte d'Azur nach New York City, wegen der Energie. Meine Berufe

entwickelten sich von selbst und wechselten in rasantem Rhythmus. Sie waren bunt und blieben spannend wie meine Beziehungen. Mein Leben wurde abwechslungsreich, weil ich auf jeden vorbeifahrenden Zug aufsprang.

Wäre mein Religionslehrer mit seiner klatschenden Ohrfeige nicht gewesen, wer weiß, vielleicht hätte ich etwas Nützliches studiert? Ich wäre dann ein durchschnittlicher Beamter, Notar oder gar Lehrer geworden? Ich hätte mein Leben in einer Stadt verbracht, in den immer gleichen Läden eingekauft, im immer gleichen Kino den gleichen Film gesehen? Einmal pro Woche, immer im Dunklen, die gleiche Frau gevögelt? Aber nein, so lebte ich in Karthago bei Tunis, im wunderschönen Nizza und in der Stadt, die niemals schläft, New York City. War nebenher mehrere Monate in Paris, in Rom, Mailand, Boston, L. A. und Miami. Habe Erfolge erlebt und Abstürze. Bin von starken Frauen wieder aufgerichtet worden oder noch tiefer in den Abgrund gestürzt worden. Einige meiner Berufe zähle ich gern auf. Ich war

Cartoonist, habe ca. 20.000 Karikaturen in internationalen Zeitschriften und Zeitungen veröffentlicht. War Werbefotograf, Werbe-grafiker, Artdirector, Druckerei- und Verlags-leiter. Die längste Zeit führte ich meine eigene Kunstgalerie. Zuerst in Nizza, dann in New York City und danach in Köln.

Einen massiven Schlaganfall gab es auch. Der hat mich für ein paar Jahre aus der Bahn geworfen.

Jetzt lebe ich in Köln als freier Schriftsteller. Ich besitze einen ungeheuren Fundus an ungewöhnlichen Erlebnissen und Erfahrungen, aus fremden Ländern. Skurrile Situationen, spannende Menschen. Aus diesem Schatz kann ich noch viele Romane schöpfen.

Wem habe ich das zu verdanken?

Meinem anonymen Religionslehrer in München-Pasing. **Danke.**

TELEFON

Telefon klingelt. Wieder die aufdringliche Sarah. Beste Strategie?

„Kann jetzt nicht sprechen. Liege unter meiner Freundin…"

Atemlose Stille.

Gut. Erledigt.

DANKSAGUNG

Die Gedankensplitter sind mir über einen längeren Zeitraum zugefallen. Woher? Keine Ahnung. Sie wissen, ich glaube an keinen Gott und an keine „Höhere Macht".

Die Splitter waren einfach da. Schwebten im Raum. Habe sie notiert. Großes Dankeschön an meine kluge Beraterin Ingrid R., die mich immer wieder auf den richtigen Weg zurückbringt, wenn ich mich vergaloppiere. Dieses Büchlein ist im vollen Galopp entstanden. Wer da keine Muse hat, ist verloren. Danke, Ingrid.